Y

POÉSIES

CHAMPÊTRES ET PHILOSOPHIQUES.

POÉSIES

CHAMPÊTRES ET PHILOSOPHIQUES,

CONTENANT

DEUX ODES IMITÉES D'HORACE,

SUIVIES DU NOUVEAU TIBUR,

ET D'UNE ÉPITRE A L'AMITIÉ.

Inter sylvas Academi quærere verum.
HORAT.. lib. II, Epist. II, v. 45.

PARIS,

IMPRIMERIE DE MIGNERET,

RUE DU DRAGON, N° 20.

1828.

A Mr P. F. J. GOSSELLIN,

DE L'INSTITUT,

A MONTMORENCI.

———

IMITATION DE L'ODE D'HORACE,

Liv. II, Ode III.

Æquam memento rebus in arduis
Servare mentem , etc.

CONSERVONS, dans les maux que le Ciel nous envoie ,
  De l'ame la tranquillité ;
Et goûtons, docte Ami, dans la prospérité ,
  Une égale et paisible joie.

  SONGE où vont aboutir nos vœux ;
Soit qu'à des jours sereins se mêle la tristesse ,
  Soit qu'en égayant la sagesse ·
Sur le gazon fleuri tu reposes heureux (1).

CE Tilleul qui couronne un bosquet solitaire ,
  Asyle à Flore consacré ,
  Étend ses rameaux à ton gré ,
Comme pour te prêter leur ombre hospitalière (2).

———

(1) *Seu te in remoto gramine.....*
  ..... reclinatum bearis
Interiore nota Falerni. Ibid.

(2) *Umbram hospitalem consociare amant*
  Ramis..... Ibid,

Sous son abri plein de fraîcheur,
Qu'envie un fier Noyer qui domine la plaine,
Tu vois de loin l'onde incertaine (1)
Et serpenter, et fuir ton jardin enchanteur ;

Fais apporter des fruits, des parfums et des roses (2) ;
Et, pour ne pas perdre un beau jour,
Tressons vîte en festons ces fleurs, exprès écloses
Pour la Muse de ce séjour.

Profitons du moment : bientôt l'hiver de l'âge
Va nous ravir tant de bienfaits ;
Et le Destin cruel, vers le fatal rivage (3),
Nous entraîne, Ami, pour jamais.

Quel exil, toutefois, dans la nuit éternelle,
Peut nous dérober l'avenir,
Quand du Monde ancien (4) ta mesure immortelle
Fait revivre un grand souvenir (6)!

Ex Florali horto Montis Morentiaci, 1828.

J. B. M. Gence.

(1) ..... *obliquo laborat*
Lympha fugax trepidare rivo.
(2) *Huc vina, et unguenta, et nimium breves*
Flores amœnæ ferre jube rosæ. Ibid.
(3) ... *Ocius sors exitura, et nos in æternum*
Exilium impositura cymbæ. Ibid.
(4) *Te maris et terræ... mensorem.* Lib. I, Od. XXVIII.
(5) *Monumentum ære perennius.* Lib. III, Od. XXX.
(6) La ligne dite *Diaphragme*, reproduite d'après les anciens, et divisant la longueur entière de la Méditerranée et de l'Asie. (*Recherches sur la Géographie des anciens*, tom. IV, pag. 326 et suiv.)

A M^r ET A Mme BARON,

A PRINGY.

IMITATION DE L'ODE D'HORACE,

Liv. III, Ode XIII.

O Fons Bandusiæ, splendidior vitro, etc.

FONTAINE aimable de Banduse (1),
Qui brilles d'un éclat plus pur que le cristal,
Quel ruisseau dans Tibur (2), de ta source rival,
Porte un nom plus illustre, et plus cher à ta Muse?

QUE la Nymphe, au front virginal (3),
Qui nous dispense une eau si salubre, si vive,
Reçoive, non un bouc, un lascif animal (4),
Mais le don d'un agneau bondissant sur ta rive !

---

(1) Cette Fontaine, vulgairement dite *Blanduse*, a été reconnue, non dans la Sabine à Tibur, mais près de la maison d'Horace, dans le voisinage de Venuse, sa patrie.

(2) *Infirmo capiti fluit utilis (rivus)*. Epist. XVI, lib. I.

(3) *Aquæ lene caput sacræ. Quam nescit tangere*, etc. Ode I, lib. I. Ode XIII, lib. III. — La force des mots *nescit tangere* a motivé l'expression de *virginal*, par allusion à la fontaine de la *Vierge* de Pringy, à laquelle sont attribuées les qualités dont parle Horace, dans l'Épître citée à la note 2.

(4) *Cras donaberis... lascivi soboles gregis, etc.* Od. XIII, lib. III.

OFFRONS-LUI le parfum des fleurs
Que son urne fait croître au plus riant parterre,
Et les coupes d'un vin (1) que ton onde tempère,
Bien digne de jouir des plus douces saveurs (2).

DE la Canicule impuissante
L'ardeur ne t'atteint point (3) sous ce feuillage épais.
Tu fournis aux troupeaux une source abondante,
Aux bœufs lassés du joug le repos et le frais.

SOIS la plus noble des Fontaines,
Quand ta Muse a chanté ces chênes, ces ormeaux (4),
Qui s'élèvent du sein des roches souterraines
D'où l'on entend jaillir et murmurer tes eaux (5).

(1) En immolant un chevreau ou un bouc aux Nymphes des Fontaines,
on couronnait de fleurs leur urne, et les coupes de vin, dont on faisait des
libations. C'est ce qu'Horace donne à entendre, dans l'Ode *à la Fontaine de
Banduse.*

(2) *Fons... dulci digne mero, non sine floribus,* etc.

(3) *Te (flagrans Canicula) nescit tangere.*

(4) *Me dicente cavis impositam ilicem*
    Saxis, etc. Od. XIII, lib. III.
Voyez aussi Epist. XVI, lib. I. . . . . *Quercus et ilex*
    Multa fruge pecus, multa Dominum juvat umbra.

(5) . . . . *Unde loquaces*
    Lymphæ desiliunt tuæ. Od. XIII, lib. III.

J. B. M. GENCE.

LE NOUVEAU TIBUR,

AUX MÊMES.

———

SONGE.

Vivere naturæ si convenienter oportet...
Novistine locum potiorem rure beato?

HORAT., lib. I, Epist. X, v. 12, 14.

TRANSPORTÉ ce matin sur la double Colline,
A peine ai-je bu l'eau d'une source divine,
Qu'à mes yeux enchantés s'élève un Pavillon (1),
Bordé de pampres verts qu'entoure l'horizon
D'où la Ville, en fuyant, et se perd et s'oublie.
J'entre ; je vois des champs, des bois, une prairie,
Que couronne d'un Parc la riante maison.
De grands massifs, coupés de longues avenues,
Sur des coteaux lointains font découvrir des vues.
Au-devant, un parterre orne un riche gazon,
Où des eaux en cascade, en nappe, en jet formées,
Montrent, de toutes parts, des scènes animées.

Le jour croît : un îlot m'offre un champêtre abri,
Que l'orme et le platane ombragent à l'envi.
Je me sens attirer au bord d'une Fontaine :
Quelle vive fraîcheur y répand dans ma veine

(1) Ce Pavillon est placé au-dessus de la montée de Ponthierry, au coin
de la grande route de Paris à Fontainebleau.

Une *Eau Vierge* (1), qu'en vain veut flétrir le Midi !
Sa Nymphe a ranimé mon esprit engourdi.
J'emprunte des accents à la Lyre latine (2) ;
Et ma Muse inspirée, en l'écoutant, s'incline
Devant le Chantre heureux du rustique verger,
Qui n'a point dédaigné le simple potager.
Je me crois à Tibur. Sur ses pas je chemine
A travers des guérets, où l'Art sait ménager
L'agréable et le bon, qu'on voit se partager.
Par une sombre allée, asyle du mystère,
Des sentiers tortueux mènent à la Chaumière (3),
Où l'homme, avec lui-même, au monde est étranger.

La Providence ici réfléchit son ouvrage.
Ton noble Écrit, D'ELDIR, publié par un Sage,
En nous traçant de l'homme un fidèle dessin,
Charme, et fait méditer l'ame sur son destin (4).
Mais de là remontant à sa haute origine,
Notre esprit, que du Ciel la Sagesse illumine,

---

(1) Fontaine dite *de la Vierge*, renommée dans le canton pour la salubrité de ses eaux, et qui fait partie du domaine où existait un ancien Prieuré.

(2) Allusion à la traduction libre de l'Ode d'Horace sur *la Vie champêtre*, et à l'Ode imitée de celle sur la *Fontaine de Banduse*, que rappelle la source dite *de la Vierge*.

(3) Retraite solitaire et rustique, située près de l'angle opposé au Pavillon.

(4) *Méditations en prose*, d'une dame Indienne (Alina D'Eldir), publiées par M. le Marquis de Fortia.

Aperçoit et connaît son Principe et sa fin ;
Et la Raison vers Dieu m'élève avec Cousin (1).
Par des accords divers où l'unité domine,
La Nature, à son tour, en ce vaste jardin,
Dans ce château modeste et d'un temple voisin ,
A l'homme se rapporte, à Dieu seul se termine.

Cette harmonie est-elle un rêve, un songe vain ?
D'un saule les rameaux qui pendent en ruine (2),
M'attristent : mais bientôt l'eau jaillit d'un bassin ;
Sur un esquif léger on folâtre en son sein.
J'erre, silencieux, sous des arbres en voûte,
Dont l'arc laisse de loin percer un ciel serein.
De détours en détours, je m'égare en ma route :
Je me retrouve au haut d'une aimable Redoute (3).
Là, sans crainte planant sur de riches moissons,
Notre ame au Créateur rend grâce de ses dons.

Je descends ; je poursuis ma douce rêverie.
Au bruit d'une onde enfin qui gémit sous un pont,
Au tic-tac d'un moulin, je m'éveille, et m'écrie :
Que vois-je?.. Ah ! de ce banc, s'offre au loin le vallon

(1) Victor Cousin, professeur du Cours d'histoire de la Philosophie ration-
nelle à la Sorbonne.

(2) Les branches d'un grand saule, tombant de vétusté.

(3) Abri élevé, dominant le vallon, et défendu par des haies, placé au
sommet de l'espèce de triangle dont la ligne du Pavillon et de la Chaumière
forme une des bases.

Où l'Écolle (1), en courant, fuit un Mont qui l'envie.
Je reconnais Pringy, dont chaque aspect nouveau,
Par son vif intérêt, sa touchante harmonie,
Peint la bonté, l'esprit, des Maîtres du château.
Deux rangs de peupliers, sur sa pente fleurie,
Et le marronier le plus grand, le plus beau,
Le défendent du Sud et des vents en furie :
Une serre y conserve à l'arbuste la vie.....
Mais, quel abri sacré, protégeant ce tombeau,
Couvre de verts cyprès l'Ombre tendre et chérie
Qui, sur ces bords riants, semble de son berceau
Nous dire : *Et moi j'étais aussi dans l'Arcadie* (2) !

Couple heureux, puissiez-vous long-temps encor goûter
Ces biens qui vous sont chers, qu'il faut un jour quitter,
Mais qui, par vos vertus, vos bienfaits, sont un gage
De l'immortel bonheur dont ils tracent l'image !

Ex Tibure Pringiaco, *die 12 Julii* 1828.

J. B. M. Gence.

(1) *Le Vallon de l'Écolle*, où est la maison de campagne, à Pringy, de M. Baron, ancien Conseiller au Châtelet. — L'Écolle, petite rivière très-rapide qui fait mouvoir beaucoup d'usines, prend sa source à Courance, dans le département de Seine-et-Oise, côtoye le parc de Montgermont, traverse le domaine de M. Baron, et se jette dans la Seine en face de Sainte-Assise, après un cours de quatre lieues. — L'église de Pringy, dont ce domaine est voisin, a pour digne pasteur M. O'Donnel, d'une ancienne famille d'Irlande.

(2) Allusion au célèbre paysage de *l'Arcadie* du Poussin, où est peint un tombeau avec cette inscription : *Et in Arcadia ego* ; ce que rappelle un monument en forme de rotonde, renfermant les cendres d'un enfant, enlevé, dès l'âge le plus tendre, à la famille de M^r. et de Mme. Baron.

ÉPITRE A L'AMITIÉ,

EN RÉPONSE AUX VERS PRÉCÉDENTS.

Nil ego contulerim jucundo sanus amico.
HORAT., lib. I, Serm. V, v. 44.

DEUX sentimens rivaux embellissent la vie,
L'Amour et l'Amitié, que notre idolâtrie
Honora sous des noms et des cultes divers.
Comment oser encor les chanter dans nos vers,
Quand pour eux a brûlé l'encens de tous les âges?
Trop souvent confondus par de communs hommages,
C'est en les distinguant, que j'ose avec candeur
Du plus doux sentiment que votre ame partage,
Tracer du moins, cher G.**, une naïve image.

Sous l'appât mensonger d'une fidèle ardeur,
L'un, souple, insinuant, mais fort dès sa naissance,
Se glisse dans un cœur faible et sans défiance,
S'établit, et bientôt le domine en vainqueur.
Il étend son pouvoir sur tout ce qui respire.
Seuls nous avons le droit d'ennoblir son empire.

De ces hôtes nombreux nous voyons les essaims,
Ou libres ou captifs, qui peuplent nos jardins,
Au déclin du soleil, au lever de l'aurore,
Se chercher, rechercher, se rechercher encore;

La même heure voit naître et finir leurs amours.
Des charmes du passé gardent-ils la mémoire ?
Nous, dans nos souvenirs, nous mettons notre gloire ;
Et nous formons des nœuds pour nous aimer toujours.

Ah ! par de vains desirs trompant sa destinée,
Malheur à l'insensé qui, sourd à la raison,
D'exemples trop fréquents méprisant la leçon,
Boit de la volupté la coupe empoisonnée !...
Le sage s'en préserve, et, par d'heureux efforts,
Vers un bien plus réel dirige ses transports.

Mais l'autre sentiment, simple, éclairé, sincère,
La discrète Amitié, c'est lui que je préfère.
Nourri par la vertu, son feu constant, serein,
Élève l'ame, épure, agrandit la pensée :
C'est un baume, un parfum, une fraîche rosée ;
Un rayon que Dieu même émane de son sein.

Plus calme, son pouvoir n'en est que plus durable.
Quels soins égalent ceux d'un ami véritable ?
Sur nos moindres besoins il a les yeux ouverts.
Il vit du bien qu'il fait, du bien qu'il voudrait faire.
Il reprend nos défauts, sans crainte de déplaire ;
Partage également nos succès, nos revers.

Le bonheur d'un ami nous rend les jours plus chers.
Quand l'homme en sait jouir, une noble étincelle
Démontre à son esprit que l'ame est immortelle.

Près de vous, tendre Ami, dans un trop court loisir,
D'un accord si parfait j'ai goûté le plaisir.
Ce plaisir partagé doublait ma jouissance.
Dans mon Parc, il est vrai, comme en votre présence,
Tout retrace vos pas : l'élégant Pavillon,
Où loin de la Cité, dans une douce ivresse,
Vous fûtes inspiré par la sage Déesse ;
Mes jaillissantes eaux, ma riante maison ;
Cette source si vive, et cette sombre allée ;
La Redoute, le pont, l'École et sa vallée,
Et ces arbres en voûte, et ces sites divers.
Peints avec tant de grâce en vos faciles vers.

Soit que le chant du coq m'appelle à la Chaumière,
Pour bénir de ces dons la suprême Bonté ;
Soit qu'au soir l'ame en paix y porte sa prière,
Je crois encore y voir un Couple regretté.
Que manquait-il alors à ma félicité ?
Du Ciel nous goûtions mieux avec vous les largesses,
Dont votre cœur faisait nos plus douces richesses.
C'était vous, c'était nous, à-la-fois, dans ces lieux...
Nous voici seuls... Mais quoi? votre amitié nous reste :
C'est un gage pour nous, que la faveur céleste
Vous ramenant un jour dans ces champs plus heureux,
Comblera de nouveau nos plaisirs et nos vœux !

J. BARON.

FIN.